*Gracias a Béatrice, Élisabeth
y Jacques*

Traducción al español: Anna Coll-Vinent
© 1999, Editorial *Corimbo* por la edición en español
© 1997, l'école des loisirs, Paris
Título de la edición original: « Couché Papa ! »
Impreso en Francia por Aubin Imprimeurs, Poitiers

Mireille d'Allancé

Déjame decorar el árbol de Navidad

Editorial Corimbo

Barcelona

Pol está jugando en la nieve cuando ve a papá que vuelve del bosque con un gran abeto. «Ya sé lo que vas a hacer», dice Pol.

Pol ya ha abierto la caja de las guirnaldas.
«Cuidado», dice papá, «¡no tan deprisa!»

Pol quiere colgar la guirnalda
él solo.

Papá le agarró la guirnalda a Pol. «Mira, será mejor que vayas a traerme las otras.»

«Vaya gracia», piensa Pol.
«¿Y esto qué es?»

« ¡ Qué bien ! Velas … »
« ¿ Y mis guirnaldas ? », pregunta papá.

Pol sujeta con fuerza la guirnalda y piensa.
«Suéltala», dice papá, «si no, no podré colgarla».

« ¡Ya sé! »
Pol tiene una idea.

«¿Qué haces?», pregunta papá.
«Nada… nada», dice Pol.

Qué mala pata.
Al querer colgar la vela,
¡CLING!, cae una bola.

«Ya basta», dice papá,
«baja de ahí ahora mismo…

...y ve a sentarte más hacia allá.»

«¡Ahí no!… Encima de las bolas, no…»

Pol se va.
Pasa por delante de la cocina,
que huele a chocolate.
Pol ni siquiera se para.

«No es justo», piensa Pol,
una vez solo en su habitación.
Pero entonces se abre la puerta.
«Tengo un problema», dice papá.

« Me extrañaría », dice Pol.
« Que sí, te lo aseguro. Ven a ver. »

«No soy lo suficientemente grande
para enganchar la estrella arriba. Y si me subo al taburete…»
«¡Crac!, el taburete», dice Pol.
«Exactamente. ¿Y bien?»

Pol agarra la estrella.
«¿Me dejas a mí, papá?»
«Vale.»
«¿De verdad?»
«De verdad», dice papá.

«Pues, ¡échate, papá!»
«¿Así?»
«¡No, más abajo!»

¡Aúpa! De un salto, Pol se sube encima de papá.
«¿Qué, vamos?»
«Vamos.»

Papá se endereza y Pol clava la estrella:
«¿Ves, qué fácil?»

« ¿ Has visto como brilla ? »
« ¡ Feliz Navidad, Pol ! »